Analyse de l'œuvre

Par Hadrien Seret et Célia Ramain

Bilbo le Hobbit

de J.R.R. Tolkien

Rendez-vous sur lepetitlitteraire.fr et découvrez :

Plus de 1200 analyses
Claires et synthétiques
Téléchargeables en 30 secondes
À imprimer chez soi

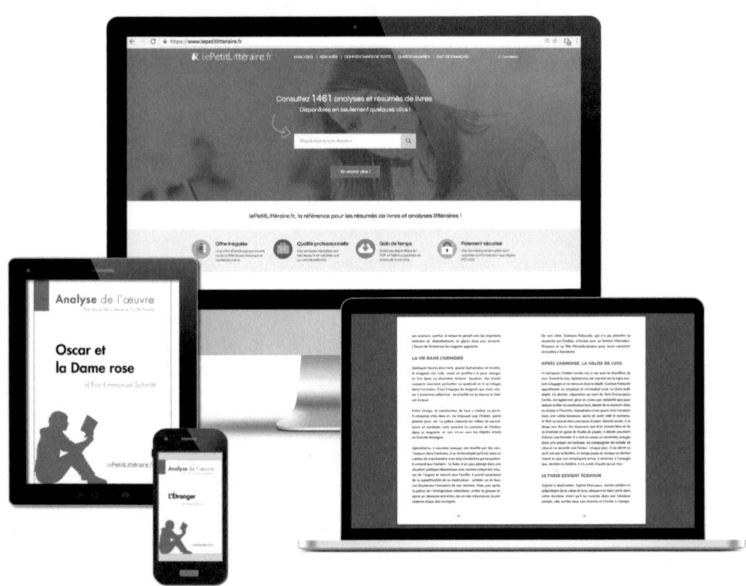

J.R.R. TOLKIEN

ÉCRIVAIN ANGLAIS

- **Né en 1892 à Bloemfontein (Afrique du Sud)**
- **Décédé en 1973 à Bournemouth (Royaume-Uni)**
- **Quelques-unes de ses œuvres :**
  - *Bilbo le Hobbit* (1937), récit pour enfants
  - *Le Seigneur des anneaux* (1954-1956), trilogie de fantasy
  - *Le Silmarillion* (1977), recueil de textes

J.R.R. Tolkien est un écrivain et professeur d'université anglais. S'il est principalement célèbre pour sa trilogie *Le Seigneur des anneaux*, il est avant tout le créateur d'un vaste univers où il fait vivre poèmes (*Les Aventures de Tom Bombadil*, 1962), contes (*Faërie*, 1974) et légendes (*Contes & Légendes inachevés*, 1980). De cet imaginaire nourri de philologie, de littérature et de mythologie découle une œuvre polygraphe peuplée de créatures devenues archétypales et de péripéties minutieusement décrites qui permettront à l'écrivain de donner à la fantasy moderne ses lettres de noblesse.

BILBO LE HOBBIT

LES PRÉMICES DU *SEIGNEUR DES ANNEAUX*

- **Genre :** roman de fantasy
- **Édition de référence :** *Bilbo le Hobbit*, traduit de l'anglais par Francis Ledoux, Paris, Le Livre de Poche, 2002, 448 p.
- **1re édition :** 1937
- **Thématiques :** magie, quête, guerre, trahison, alliance

Bilbo le Hobbit est le premier roman de J.R.R. Tolkien. Publié en 1937, il remporte l'année suivante le prix du meilleur livre pour enfants décerné par le *New York Herald Tribune*.

Le récit narre les aventures de Bilbo, un hobbit dont l'existence tranquille bascule le jour où il est incorporé au sein d'une quête périlleuse par le magicien Gandalf. Accompagné de treize nains, il est amené à affronter divers obstacles jusqu'à la Montagne Solitaire où reposent un trésor inestimable ainsi que son gardien, le dragon Smaug. Il ne devra son retour au bercail qu'à sa ruse ainsi qu'aux pouvoirs d'un mystérieux anneau magique dont l'auteur fera la clé de voute du *Seigneur des anneaux*.

RÉSUMÉ

LE DRAGON SMAUG

Quelques centaines d'années avant que ne débutent les aventures de Bilbo, le dragon Smaug vivait dans les Montagnes Grises. Un jour, il apprend que les trésors des nains sont cachés dans cette montagne. Sa cupidité le pousse à attaquer les villes aux alentours, tuant de nombreux nains et forçant les survivants à quitter les lieux. Il prend alors possession de la Montagne Solitaire où il veille sur son précieux butin pendant plus de deux-cents ans. Mais il est finalement dérangé et tué grâce à un hobbit et une troupe de nains, désireux de récupérer leurs trésors.

LA QUÊTE INATTENDUE

Bilbo Sacquet est un jeune hobbit de 25 ans au caractère tranquille. Il est issu de l'union entre deux familles très différentes : les Sacquet, des êtres calmes qui ont en horreur l'imprévu, et les Took qui possèdent une grande soif d'aventures. Il mène une existence paisible jusqu'au jour où le magicien Gandalf, célèbre pour ses nombreuses péripéties, l'enrôle de force dans une aventure en compagnie de treize nains : Fili, Kili, Dwalïn, Balïn, Nori, Dori, Ori, Oïn, Gloïn, Bifur, Bofur, Bombur et leur chef Thorïn Oakenshield. Le but de cette étrange assemblée est simple : récupérer les innombrables richesses gardées par le dragon Smaug dans le royaume de la Montagne Solitaire, butin dont Thorïn est l'héritier légitime. Pour parvenir à ses fins, ce dernier dispose d'une clé donnant accès à un passage secret et d'une carte mystérieuse que le seigneur elfe Elrond parviendra à déchiffrer. Néanmoins, la compagnie a encore besoin d'un cambrioleur expérimenté pour dérober le magot à l'insu du monstre : un rôle qui est assigné bien malgré lui au hobbit sur les conseils de Gandalf. En effet, Bilbo a l'avantage de pouvoir se déplacer sans faire de bruit.

La troupe est donc formée et peut partir à l'aventure. En chemin, ils ne tardent pas à connaitre leurs premières péripéties : attirés par une lumière en pleine nuit alors qu'ils sont perdus en forêt, Bilbo et les nains sont capturés par trois trolls désireux de les cuire sur le feu qu'ils ont préparé. Les victimes sont cependant secourues par Gandalf qui sème la zizanie entre les créatures jusqu'à ce que le lever du soleil les change en pierre. Par la suite, ils sont contraints de se réfugier dans une grotte après avoir essuyé des jets de roche lancés par des géants de pierre, puis ils sont saisis dans leur sommeil par des gobelins et emportés dans leur repaire souterrain. Seul Gandalf parvient à éviter d'être pris. Les créatures emmènent la compagnie devant leur chef qui condamne les prisonniers à mort. Un sort soudainement lancé par le magicien permet à Thorïn et à ses amis de fuir. Mais, pendant la poursuite, Bilbo trébuche et tombe dans le vide.

GOLLUM ET SON ANNEAU PRÉCIEUX

Égaré dans le labyrinthe qu'est l'antre des gobelins, le hobbit découvre par hasard un anneau d'or qu'il empoche sans en connaitre la valeur. Il fait ensuite la connaissance de Gollum, un être sinistre qui lui propose de le conduire vers la sortie s'il remporte un duel d'énigmes ; en cas de défaite, Bilbo sera dévoré. Le cambrioleur triomphe, mais le perdant refuse de tenir sa promesse. Alors qu'il s'apprête à le manger, Gollum fait trébucher son adversaire : l'anneau s'enfile alors accidentellement au doigt du hobbit, le rendant invisible. Profitant de cet avantage, Bilbo suit la créature jusqu'à la sortie et rejoint ses compagnons, tout en se gardant de leur révéler sa bonne fortune.

Les gobelins, aidés des loups, continuent à pister le groupe et l'acculent sur une corniche où les aventuriers sont contraints de grimper aux arbres pour leur échapper. De là, ils sont sauvés in extrémis par des aigles qui les transportent dans leurs airs. Gandalf les mène alors chez Béorn, un homme solitaire qui possède le pouvoir de se changer en ours. Ce dernier met en garde les nains contre les dangers de la forêt de Mirkwood qu'ils devront traverser pour atteindre la Montagne Solitaire. Lorsqu'ils arrivent à l'orée du bois, le magicien les quitte car des affaires urgentes le pressent ailleurs. Dépitée, la compagnie enchaine alors les mésaventures. Elle est d'abord capturée par des araignées géantes affamées, puis par les elfes de la forêt dont les nains troublent le banquet à plusieurs reprises. Néanmoins, Thorïn et ses acolytes sont sauvés de ces mauvais pas par l'ingéniosité de Bilbo et les pouvoirs de son anneau magique.

LA MONTAGNE SOLITAIRE

Après toutes ces péripéties, ils atteignent enfin la Montagne Solitaire. Grâce à la carte et à la clé de leur chef, les nains parviennent à y pénétrer par une porte dérobée. Ils évitent ainsi une confrontation directe avec le dragon, et Bilbo est envoyé en éclaireur pour s'assurer qu'il est toujours en vie. Pourvu de son anneau magique, le hobbit parvient à voler une petite partie du butin tout en soutenant une conversation avec Smaug : celui-ci, trop orgueilleux, va jusqu'à lui dévoiler son armure de gemmes qui comporte une faiblesse. Se rendant compte du larcin après le départ du cambrioleur, le monstre décide de se venger sur les habitants de Lacville qu'il tient pour responsables. Il est finalement abattu par l'archer Barde, qui a été averti par une grive du point faible de la bête.

Profitant de son départ, les nains fortifient la place et s'émerveillent des trésors conservés dans l'antre. Mais Thorïn ne parvient pas à mettre la main sur le plus précieux de tous, l'Arkenstone, une pierre brillante à la valeur incommensurable. Il ne sait pas que cette dernière est en possession de Bilbo qui l'a subtilisée sans en connaitre le prix ni l'importance.

Compte tenu des dégâts occasionnés à sa cité et de son exploit, Barde entend réclamer aux nains un dédommagement. Bien qu'accompagné dans sa démarche par le roi des elfes en personne, il essuie un refus net de la part de Thorïn. Dans l'espoir de résoudre cette impasse, Bilbo s'échappe de la montagne et remet à Barde l'Arkenstone afin de contraindre le nain à payer son dû. Ce dernier ne change toutefois pas d'avis et bannit le hobbit pour trahison. Il demande ensuite l'assistance de l'armée de son parent Daïn pour consolider ses positions. Alors que le litige tourne au pugilat entre les trois belligérants, Gandalf survient et les prévient qu'une troupe de gobelins et de loups s'apprête à les assaillir par surprise. Nains, elfes et hommes s'allient alors pour repousser l'envahisseur dans ce qui sera la bataille des Cinq Armées. Thorïn y meurt, non sans s'être auparavant repenti de ses actions auprès de Bilbo. Dument récompensé pour ses services, le hobbit finit par rentrer chez lui où il peut enfin gouter à un repos bien mérité.

ÉTUDE DES PERSONNAGES

BILBO SACQUET

Bilbo Sacquet est le protagoniste principal du conte de Tolkien. Il est le fruit de l'union d'un Sacquet, famille célèbre dont les membres « n'avaient jamais d'aventures et ne faisaient jamais rien d'inattendu » (p. 8), avec une Took, parenté qui « se prenait à avoir des aventures » (*ibid.*). Tout au long du récit, le caractère du héros oscille entre ces deux pôles, au gré des péripéties qu'il affronte. Jusqu'à ce que Gandalf l'abandonne à l'orée de la forêt de Mirkwood, c'est essentiellement le caractère des Sacquet qui occupe le devant de la scène. Enrôlé dans une quête qu'il n'a pas désirée, Bilbo ne manque pas de se plaindre des rigueurs du voyage et rêve de somptueux petits-déjeuners. Il ne se sent jamais réellement concerné par l'enjeu de la quête, et le rôle qu'il doit y jouer lui semble lointain et flou : c'est pourquoi il parait subir les évènements qui se présentent à lui (les trolls, la capture par les gobelins, etc.) et compter, à l'instar des nains, sur le magicien pour le sortir des situations périlleuses.

Le duel des énigmes avec Gollum et la découverte de l'anneau magique lui permettent de prendre progressivement conscience de ses capacités et de s'affermir, comme en témoigne le respect grandissant que Thorïn et sa suite ont à son égard. Cette émergence du caractère des Took chez Bilbo rend ce dernier capable d'endosser le costume d'adjuvant échu auparavant au magicien : on le voit ainsi mettre en déroute les araignées géantes, puis sauver les nains des

geôles elfiques en organisant leur fuite. L'octroi du nom
« Dard » à son épée, après son premier exploit solitaire,
symbolise ce changement : en faisant passer sa lame de
l'anonymat à une dénomination synonyme de valeur, le
héros signifie l'abandon de ses craintes pour se révéler « un
personnage différent, beaucoup plus féroce et plus hardi »
(p. 164).

La fin du récit est marquée par l'équilibre que Bilbo arrive à
obtenir entre les deux pans de sa personnalité. La position
qu'il adopte lors de la bataille des Cinq Armées est une
illustration parfaite de ce nouvel état d'esprit puisqu'il se
trouve au seul endroit où une retraite est possible (côté
Sacquet), mais où se déroulera l'ultime résistance en cas de
défaite (côté Took). Une attitude qui fait dire à Gandalf que
le hobbit n'est plus la même personne que celle qu'il était
autrefois : c'est un protagoniste bien plus mature et vaillant
qui s'apprête à reprendre son existence paisible abandonnée
précipitamment au début de l'aventure.

THORÏN OAKENSHIELD

Thorïn est le descendant direct des rois nains de la Montagne
Solitaire. À ce titre, le trône aurait dû lui revenir après la mort
de ses ascendants, mais l'attaque du royaume par Smaug lui
a interdit tout espoir de règne immédiat. Malgré un long
exil, Thorïn n'entend pas abandonner les richesses du palais
de ses ancêtres au dragon et compte un jour jouir de ce qui
lui revient de droit. C'est dans ce but qu'il met sur pied la
quête à laquelle participent Gandalf et Bilbo. Conscient de
son importance, Thorïn se révèle être un nain extrêmement

orgueilleux et hautain, affichant une condescendance de tous les instants dont Bilbo est la principale victime. Il ne manque jamais une occasion de remettre en cause les compétences de son cambrioleur ou de le présenter comme un fardeau. Cette manie s'atténue lorsque le hobbit s'impose comme le sauveur de la compagnie, mais sans jamais disparaitre complètement (par exemple, il se plaint des conditions de voyage lors de l'évasion par les tonneaux et rechigne à remercier le héros pour cette libération). Sa critique facile et ses énormes prétentions se doublent d'une tendance à se reposer exclusivement sur sa troupe pour parvenir à ses fins : aussi demeure-t-il relativement inactif en regard des efforts produits par Gandalf et Bilbo.

À ce portrait peu glorieux s'ajoutent l'ingratitude, la cupidité et l'égocentrisme puisqu'il refuse de rétribuer Barde et le roi des elfes pour leurs actions menées contre Smaug. Il va même jusqu'à chasser son cambrioleur lorsqu'il apprend que celui-ci a fait passer l'Arkenstone à l'ennemi, sans se rendre compte qu'il est lui-même le premier responsable de cette situation. Cependant, la bataille des Cinq Armées est pour lui l'occasion d'être réhabilité puisqu'il dirige un assaut décisif contre les gobelins et les loups. Grièvement blessé, il finit par se repentir de son attitude auprès de Bilbo avant de mourir et de laisser à la postérité l'image d'une noblesse d'âme qui n'aurait jamais dû lui faire défaut.

GANDALF

Au début du récit, Gandalf est connu comme un vieillard célèbre pour les aventures qu'il provoque partout où il se rend ainsi que pour ses merveilleux feux d'artifice. Ce sont d'ailleurs ces derniers dont se souvient instinctivement Bilbo lorsque le magicien vient lui rendre visite au début de l'histoire. L'homme semble pourtant être davantage qu'un fantasque artificier. De fait, il jouit tout d'abord d'une autorité totale sur les nains : c'est en effet lui qui impose Bilbo en tant que cambrioleur, qui fournit la carte et la clé du passage secret de la Montagne Solitaire, et qui conseille la troupe sur les décisions à prendre ou l'itinéraire à suivre. Il s'appuie pour ce faire sur la longue expérience qu'il a acquise lors de ses pérégrinations ainsi que sur son immense savoir (sans cesse convoqué par les questions incessantes du hobbit et de ses compagnons). Cependant, contrairement à Thorïn, il n'hésite pas à jouer la carte de l'humilité lorsque ses aptitudes lui font défaut : Elrond, Béorn ou encore les aigles sont autant de protagonistes à qui il demande assistance pour mener à bien sa délicate quête.

À ce rôle de leader se greffe celui d'adjuvant car les astuces du magicien et son pouvoir évitent bien des déboires aux différents protagonistes (par exemple, il jette la confusion parmi les trolls afin que le soleil les statufie et permet aux nains de s'échapper de la caverne des gobelins grâce à un sort de son invention). Il n'est donc pas étonnant que la compagnie essaie à plusieurs reprises d'empêcher le départ de son guide pour des affaires plus urgentes, en vain. Gandalf ne reprend ses attributions altruistes qu'à la fin du récit lorsqu'il annonce l'arrivée des gobelins et des loups.

SMAUG

Ennemi principal de la quête de Thorïn, Smaug est un dragon cruel et cupide. Ces deux caractéristiques, couplées à la fascination naturelle qu'ont ces créatures pour l'or, l'ont poussé un jour à détruire le royaume de la Montagne Solitaire afin de s'emparer de ses innombrables richesses. Depuis cette attaque victorieuse, il demeure sur place afin de veiller sur son butin. Cet immobilisme explique pourquoi le monstre n'intervient qu'assez tard dans le livre en tant que protagoniste et qu'on ait de lui uniquement des récits indirects avant sa rencontre avec Bilbo.

Outre ses flammes dévorantes et sa force, la ruse du dragon représente sans doute le danger le plus menaçant pour la compagnie : le monstre repère ainsi rapidement la présence des nains dans son antre, mais ne manifeste aucune excitation, espérant déjouer leur vigilance. Lorsque le hobbit vient converser avec lui, protégé par le pouvoir de l'anneau, il répond à ses questions en espérant localiser l'intrus et le détruire par le feu. Pensant qu'il n'existe aucun adversaire capable de lui faire du tort, Smaug possède une immense confiance en lui qui provoquera sa perte. En effet, par excès d'orgueil, il ne remarque pas le défaut de sa cuirasse de gemmes quand il la dévoile au cambrioleur pour l'impressionner ; une faiblesse dont prendra connaissance Barde par l'intermédiaire de la grive et qui lui permettra d'éradiquer ce fléau.

GOLLUM

Bilbo fait la connaissance de Gollum après avoir échappé aux gobelins. Vivant seul près d'un lac souterrain, son environnement a complètement déteint sur lui. Il est décrit comme ténébreux, vieux, petit et visqueux. Outre cet aspect misérable et déplaisant, cette créature dont les origines sont inconnues du narrateur, est fourbe, cruelle et clairement schizophrène.

Apercevant Bilbo pour la première fois, il s'imagine déjà le dévorer. Pour arriver à ses fins, il lui propose un jeu d'énigmes. S'il gagne, il s'engage à amener Bilbo à une sortie, mais si Bilbo perd, alors il deviendra son prochain repas. C'est alors un jeu de dupes qui s'établit entre les deux personnages, mais Bilbo parvient à surpasser la fourberie de Gollum. Grâce à l'anneau magique qu'il lui a dérobé sans le savoir, seul bien de Gollum, Bilbo réussit à lui échapper, laissant la créature à sa solitude et à son désespoir. La perte de cet anneau est un évènement dramatique pour Gollum qui semble avoir développé une obsession pour cet objet. Comprenant la supercherie dont il a été victime, il commence à vouer à Bilbo un haine tenace qui ne sera pas sans conséquence dans *Le Seigneur des Anneaux*.

BARDE

Barde est le descendant du dernier seigneur d'une ville ravagée par Smaug. Il est introduit progressivement par l'intermédiaire du narrateur et de la population d'Esgaroth. Les premiers éléments que le lecteur a de lui le font passer pour un être inquiétant : « ton sardonique », « toujours à augurer des choses lugubres » (chapitre XIV). Néanmoins, il est le seul à pressentir l'attaque imminente du dragon et à organiser juste à temps la défense de la cité. Il est également l'une des rares personnes à refuser la fuite. C'est lui qui parviendra à abattre le dragon grâce à l'information que lui a donnée une grive. Plus tard, il est celui qui essaie de raisonner pacifiquement Thorïn en se faisant le porte-parole de plusieurs clans (hommes, elfes).

Sa présentation d'abord inquiétante, sa noble lignée, sa clairvoyance, son courage et sa capacité à rallier plusieurs clans semblent annoncer le personnage d'Aragorn dans *Le Seigneur des Anneaux*.

CLÉS DE LECTURE

SCHÉMA ACTANCIEL

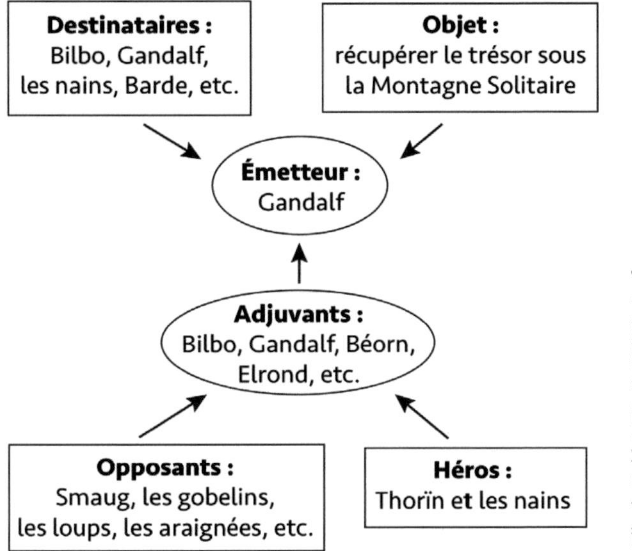

SCHÉMA NARRATIF

Situation initiale : c'est le début de l'histoire, le moment où on plante le décor et où on présente les personnages ; la situation est équilibrée, c'est-à-dire qu'elle n'a aucune raison d'évoluer.

- Bilbo Sacquet est un hobbit qui vit une existence paisible et confortable dans sa demeure.

Élément perturbateur : c'est un évènement qui vient per-
turber l'histoire.

- Le magicien Gandalf l'enrôle en tant que cambrioleur
pour participer à une aventure en compagnie de treize
nains.

Péripéties : ce sont les évènements provoqués par l'élément
perturbateur et qui entrainent la ou les actions entreprises
pour résoudre le problème.

- La troupe est d'abord capturée par des trolls, puis par des
gobelins, mais Gandalf la sauve à chaque fois. Une fuite
est néanmoins engagée au cours de laquelle Bilbo chute
et prend possession de l'anneau magique de Gollum à
la faveur du duel d'énigmes. Finalement, secourus par
les aigles, Thorïn et ses acolytes se rendent ensuite chez
Béorn avant de repartir vers la forêt de Mirkwood où le
magicien les quitte. Assaillis par des araignées géantes,
puis emprisonnés chez les elfes, les nains ne doivent
leur salut qu'à Bilbo. Parvenus en tonneaux à Lacville, ils
cheminent vers la Montagne Solitaire et y pénètrent par
une porte secrète. Envoyé en éclaireur, le hobbit subtilise
une coupe d'or, puis l'Arkenstone, avant de converser
avec Smaug. Le dragon dupé se venge sur les habitants de
Lacville, mais Barde le tue. Il réclame rétribution à Thorïn
qui ne lui donne rien. Bilbo cède l'Arkenstone à Barde
pour changer le cours des choses, en vain : Thorïn chasse
son cambrioleur pour trahison. L'arrivée de l'armée de
Daïn engage un combat qui est stoppé lorsque Gandalf

les prévient que les gobelins et les loups marchent sur eux. Ils s'allient alors pour la bataille des Cinq Armées au cours de laquelle Thorïn est tué.

Dénouement : il met un terme aux péripéties.

- Thorïn est tué, mais la bataille est remportée et chaque acteur est récompensé.

Situation finale : c'est la fin de l'histoire. La situation est stable, comme la situation initiale, mais il y a eu des transformations.

- Bilbo rentre finalement chez lui et reprend sa vie tranquille.

UN CONTE MERVEILLEUX

Bilbo le Hobbit est un récit originellement destiné à un jeune public. Compte tenu de cette visée et des éléments que Tolkien entendait intégrer dans son histoire, la forme du conte s'imposait d'elle-même. Cette dernière se caractérise notamment par :

- la présence d'évènements imaginaires, voire merveilleux ;
- une volonté de distraire tout en apportant une certaine morale ;
- une longue tradition orale avant sa mise à l'écrit.

Chacun des points exposés ci-dessus trouve un écho au sein de l'intrigue :

- le roman est empli de merveilleux (ce dernier mot devant être compris comme l'absence d'explication rationnelle à des manifestations surnaturelles), et ce aussi bien du côté du bestiaire (gobelins, loups féroces, trolls, etc.) que des personnages (les pouvoirs magiques de Gandalf, la faculté qu'a Béorn de se changer en ours, le terrifiant Gollum ou encore les races imaginaires que sont les nains et les elfes), des objets (la lueur bleue de Dard qui prévient du danger, le pouvoir d'invisibilité de l'anneau, l'Arkenstone, etc.) ou encore des évènements eux-mêmes (l'attaque des géants de pierre, le service des animaux anthropomorphiques de Béorn) ;

- toutes ces aventures sont racontées sur un ton léger et humoristique dans le but de susciter du plaisir chez le lecteur. C'est pourquoi l'auteur dissémine de nombreux traits comiques tout au long de son livre par le biais de l'exagération (le gargantuesque petit-déjeuner de Gandalf chez Béorn), de la taquinerie (les nains qui, pour rire, menacent de casser la vaisselle de Bilbo) ou encore de la surprise (le hobbit se fait attaquer par une araignée géante alors qu'il pense à son logis). Si ces procédés se retrouvent également dans les moments plus tendus, Tolkien insuffle cependant un accent plus épique ou dramatique lorsque les circonstances l'exigent (notamment lors de la bataille des Cinq Armées ou à la mort de Thorïn), désirant peut-être montrer que sous le caractère innocent de la narration peut se cacher une réalité violente. Une telle démarche revient à renforcer un peu plus la morale du conte : les apparences sont parfois trompeuses. En effet, Bilbo, Gandalf ou Thorïn sont autant de protagonistes à propos desquels les préjugés conçus par le lecteur sont renversés au cours de l'histoire ;

- enfin, s'il est probable que l'œuvre ait connu une courte carrière orale avant sa mise sur papier, ce caractère parlé trouve néanmoins son illustration la plus marquante au sein du texte même. En effet, l'auteur – qui intervient souvent dans son récit à la première personne du singulier – semble le raconter comme s'il se trouvait face à un auditoire de jeunes enfants : il n'hésite dès lors pas à commenter les actions de ses personnages, à apostropher le lecteur sur ce qu'il pourrait déduire de certains évènements, à octroyer certaines caractéristiques précises aux protagonistes et à les répéter sans cesse, ou à recourir textuellement à des onomatopées pour imiter le bruit d'un objet ou s'une péripétie (« splash » quand Bilbo tombe dans l'eau par exemple).

LE THÈME DU VOYAGE

Le thème du voyage dans *Bilbo le Hobbit* est omniprésent et double. Il y a bien évidemment le voyage au sens concret, dans lequel Tolkien, ou du moins le narrateur, embarque à la fois Bilbo et le lecteur. Les indications de ce voyage se retrouvent majoritairement à l'intérieur du récit avec des longues et précises descriptions des lieux rencontrés par les personnages. Chaque nouveau chapitre correspond d'ailleurs à un déplacement des personnages. À cela s'ajoute la vraie originalité de *Bilbo le Hobbit* : la mise en place dans le paratexte de cartes dessinées par Tolkien lui-même qui viennent permettent au lecteur de suivre les personnages à travers leur quête.

Mais le voyage se fait aussi plus symbolique et psychologique. C'est évidemment le cas de notre héros éponyme, Bilbo, cette être casanier, embarqué dans une aventure qui n'est pas la sienne et qui, à plusieurs reprises, se plaindra : « Je voudrais bien être chez moi au coin du feu dans mon gentil trou, avec la bouilloire en train de commencer à chanter ! » (chapitre II) Cette phrase, doublée du commentaire du narrateur (« Ce ne devait pas être la dernière fois qu'il se dirait cela »), devient un leitmotiv tout au long de l'œuvre, constituant ainsi un important ressort comique. Ce personnage, presque subi par ses compagnons, acquiert une autre envergure dès lors qu'il commet son premier cambriolage en dérobant à Gollum son anneau. Aidé du précieux objet, il délivre à plusieurs reprises ses compagnons de route qui ne tardent pas à s'en remettre complètement à lui. Mais il n'est pas le seul à avoir évolué psychologiquement et à s'élever en tant que héros. Barde emprunte lui aussi le même type de parcours. Peu apprécié des habitants d'Esgaroth, à l'approche du dragon, il assume pleinement sa lignée en défendant la cité et en tuant le dragon. Il est dès lors acclamé par la foule, celle-là même qui appréciait peu son pessimisme : « Nous voulons le roi Barde ! crièrent en réponse les gens qui se trouvaient dans les environs immédiats. » (chapitre XIV) De la même façon que le vieux Gandalf chante les louanges de Bilbo aux nains (« M. Baggins a plus de ressources que vous ne pouvez l'imaginer. », chapitre VI), pour Barde c'est le vieux corbeau qui conseille aux nains de se fier « plutôt à celui qui a abattu le dragon avec son arc. [...] ; c'est un homme sombre mais loyal. »

L'INFLUENCE MYTHOLOGIQUE

Tolkien a su créer avec *Le Silmarillion*, *Bilbo le Hobbit* et *Le Seigneur des Anneaux*, tout un univers étendu, avec une mythologie et même ses langues propres. Pourtant, il est possible de déceler, notamment dans *Bilbo*, des références plus ou moins déguisées à d'autres mythologies. La plus évidente et la plus connue du grand public, est la mythologie latine. Tolkien a accordé à un chapitre le nom de deux monstres latins « De Charybde en Scylla », et il n'hésitera d'ailleurs pas à expliquer cette référence : « Échapper aux gobelins pour être attrapés par des loups ! dit-il, ce qui devait passer en proverbe, encore que nous disions maintenant « tomber de Charybde en Scylla » dans ce genre de situation très inconfortable. » Et, lorsque l'on songe à Gollum, comment ne pas penser à la figure du Sphynx, ce monstre qui empêche la progression du héros en lui posant des énigmes ?

DE CHARYBDE EN SCYLLA

Après avoir échappé aux sirènes, Ulysse a été averti par la magicienne Circé qu'il devra traverser une redoutable passe. D'un côté un dangereux récif, où vit Scylla, jadis nymphe qui fut changée par sa rivale Circé, en un monstre ayant douze moignons à la place des pieds, six longs cous et autant de têtes, avec pour chacune trois rangées de dents. De l'autre côté de la passe réside un autre monstre, Charybde, qui, sous la forme de tourbillons, aspire l'eau (et donc tout ce qui s'y trouve compris) pour ensuite les recracher trois fois

Mais Gollum n'est pas seulement une relecture du Sphynx. Il semble également partager quelques éléments avec Grindel, un des monstres du *Lai de Beowulf* (VIIIe-Xe siècles), légende anglo-saxonne dont Tolkien était un spécialiste. Outre leur initiale en commun, (il en est de même pour Bilbo et Beowulf), ils évoluent dans un environnement malsain : tandis que Grindel, « habitait les marais et les lieux inaccessibles », Gollum évolue dans un lac souterrain. Le dragon, gardien d'un trésor souterrain, pourrait également avoir été repris du célèbre poème. Dans *Beowulf*, celui-ci, ayant découvert qu'il avait été volé, veut « faire épier par la flamme, à beaucoup de monde, le vol dont il était la victime » (XXXII). De plus, les épées des deux héros sont personnifiées, celle de Bilbo se nomme « Dard », quand celle de Beowulf se nomme « Hrunting ». En outre, dans le poème, le narrateur est également présent et s'exprime à travers le pronom personnel « je », tout comme Tolkien le fait dans son conte.

Tous ces éléments font de ce roman un incontournable qui a tôt fait de plonger le lecteur dans l'histoire. *Le Hobbit* a d'ailleurs reçu un accueil très favorable, autant en Angleterre qu'aux États-Unis. Aujourd'hui, avec l'adaptation en trois volets réalisés par Peter Jackson en 2012, ce qui n'était au départ qu'un conte lu aux enfants est devenu un emblème de la culture populaire.

QUELQUES QUESTIONS POUR APPROFONDIR VOTRE RÉFLEXION...

- Observez le style des chansons présents dans le conte. En quoi sont-ils représentatifs de chaque clan (elfes, nains, hommes) ?
- Quel usage Tolkien fait-il du temps ?
- Quel est selon vous l'intérêt narratif de personnifier les objets ?
- Discutez et commentez cette assertion du narrateur dans le chapitre I : « Tout étrange que cela puisse paraitre, les choses bonnes à avoir et les jours bons à passer sont tôt racontés et n'offrent pas grand intérêt ; tandis que les choses inconfortablement palpitantes, de nature même à donner le frisson, peuvent faire une bonne histoire et en tout cas appellent une longue narration. »
- En quoi l'œuvre illustre bien le dicton populaire « Ensemble on est plus forts » ?
- Quels sont les éléments qui appartiennent au registre comique dans l'œuvre ?
- Connaissez-vous d'autres œuvres où le narrateur prend directement à partie son lecteur ? Quel effet cela produit-il sur le lecteur ?
- Quels sont selon vous les éléments qui annoncent, dans *Bilbo le Hobbit*, *Le Seigneur des Anneaux* ?
- Discutez et commentez cette assertion de C. S Lewis, auteur des *Chroniques de Narnia* qui a affirmé anonymement : « *Le Hobbit* [...] fera rire surtout les plus petits et ce n'est que bien des années plus tard, à leur dixième ou

vingtième lecture, qu'ils commenceront à se faire une idée de l'érudition habile et de la profonde réflexion qu'il a fallu pour donner un fruit aussi mûr, aussi agréable, et aussi vrai, à sa manière. La divination est un art dangereux, mais *Le Hobbit* pourrait bien devenir un classique. »

* La fantasy est un genre bien apprécié des adolescents, au même titre que la science-fiction. Pourquoi selon vous ?

Votre avis nous intéresse !
Laissez un commentaire sur le site de votre librairie en ligne
et partagez vos coups de cœur sur les réseaux sociaux !

POUR ALLER PLUS LOIN

ÉDITION DE RÉFÉRENCE

- Tolkien J.R.R., *Bilbo le Hobbit*, Paris, Le Livre de Poche, 2002.

ÉTUDES DE RÉFÉRENCE

- Aron P., Saint-Jacques D. et Viala A., *Le Dictionnaire du littéraire*, Paris, PUF, coll. « Quadrige », 2004.
- Coren M., *J.R.R. Tolkien : le créateur du* Seigneur des anneaux, Saint-Sulpice, Éditions Airelles, 2002.
- Kocher P. H., *Les clés de l'œuvre de J.R.R. Tolkien : le royaume de la Terre du milieu*, Paris, Retz, 1981.

ADAPTATION

- *Le Hobbit : un voyage inattendu*, film de Peter Jackson, avec Ian McKellen, Martin Freeman, Andy Serkis et Richard Armitage, États-Unis et Nouvelle-Zélande, 2012. Il s'agit du premier volet d'une trilogie qui comprend : *La Désolation de Smaug* (2013) *et Histoire d'un aller et retour* (2014).

www.lepetitlitteraire.fr/

ISBN version numérique : 978-2-8062-5365-1
ISBN version papier : 978-2-8062-5369-9
Dépôt légal : D/2013/12603/99

Avec la collaboration de Célia Ramain pour l'analyse de Gollum et de Barde, ainsi que pour les chapitres « Le thème du voyage », « L'influence mythologique » et les pistes de réflexion.

Conception numérique : Primento,
le partenaire numérique des éditeurs.

Ce titre a été réalisé avec le soutien de la Fédération Wallonie-Bruxelles, Service général des Lettres et du Livre.

Retrouvez notre offre complète sur lePetitLittéraire.fr

- des fiches de lectures
- des commentaires littéraires
- des questionnaires de lecture
- des résumés

ANOUILH
- Antigone

AUSTEN
- Orgueil et Préjugés

BALZAC
- Eugénie Grandet
- Le Père Goriot
- Illusions perdues

BARJAVEL
- La Nuit des temps

BEAUMARCHAIS
- Le Mariage de Figaro

BECKETT
- En attendant Godot

BRETON
- Nadja

CAMUS
- La Peste
- Les Justes
- L'Étranger

CARRÈRE
- Limonov

CÉLINE
- Voyage au bout de la nuit

CERVANTÈS
- Don Quichotte de la Manche

CHATEAUBRIAND
- Mémoires d'outre-tombe

CHODERLOS DE LACLOS
- Les Liaisons dangereuses

CHRÉTIEN DE TROYES
- Yvain ou le Chevalier au lion

CHRISTIE
- Dix Petits Nègres

CLAUDEL
- La Petite Fille de Monsieur Linh
- Le Rapport de Brodeck

COELHO
- L'Alchimiste

CONAN DOYLE
- Le Chien des Baskerville

DAI SIJIE
- Balzac et la Petite Tailleuse chinoise

DE GAULLE
- Mémoires de guerre III. Le Salut. 1944-1946

DE VIGAN
- No et moi

DICKER
- La Vérité sur l'affaire Harry Quebert

DIDEROT
- Supplément au Voyage de Bougainville

DUMAS
• Les Trois
Mousquetaires

ÉNARD
• Parlez-leur
de batailles,
de rois et
d'éléphants

FERRARI
• Le Sermon sur la
chute de Rome

FLAUBERT
• Madame Bovary

FRANK
• Journal
d'Anne Frank

FRED VARGAS
• Pars vite et
reviens tard

GARY
• La Vie devant soi

GAUDÉ
• La Mort du
roi Tsongor
• Le Soleil des
Scorta

GAUTIER
• La Morte
amoureuse
• Le Capitaine
Fracasse

GAVALDA
• 35 kilos d'espoir

GIDE
• Les
Faux-Monnayeurs

GIONO
• Le Grand
Troupeau
• Le Hussard
sur le toit

GIRAUDOUX
• La guerre de
Troie
n'aura pas lieu

GOLDING
• Sa Majesté des
Mouches

GRIMBERT
• Un secret

HEMINGWAY
• Le Vieil Homme
et la Mer

HESSEL
• Indignez-vous !

HOMÈRE
• L'Odyssée

HUGO
• Le Dernier Jour
d'un condamné
• Les Misérables
• Notre-Dame
de Paris

HUXLEY
• Le Meilleur
des mondes

IONESCO
• Rhinocéros
• La Cantatrice
chauve

JARY
• Ubu roi

JENNI
• L'Art français
de la guerre

JOFFO
• Un sac de billes

KAFKA
• La Métamorphose

KEROUAC
• Sur la route

KESSEL
• Le Lion

LARSSON
• Millenium I. Les
hommes qui
n'aimaient pas
les femmes

LE CLÉZIO
• Mondo

LEVI
• Si c'est un
homme

LEVY
• Et si c'était vrai…

MAALOUF
• Léon l'Africain

MALRAUX
- La Condition humaine

MARIVAUX
- La Double Inconstance
- Le Jeu de l'amour et du hasard

MARTINEZ
- Du domaine des murmures

MAUPASSANT
- Boule de suif
- Le Horla
- Une vie

MAURIAC
- Le Nœud de vipères

MAURIAC
- Le Sagouin

MÉRIMÉE
- Tamango
- Colomba

MERLE
- La mort est mon métier

MOLIÈRE
- Le Misanthrope
- L'Avare
- Le Bourgeois gentilhomme

MONTAIGNE
- Essais

MORPURGO
- Le Roi Arthur

MUSSET
- Lorenzaccio

MUSSO
- Que serais-je sans toi ?

NOTHOMB
- Stupeur et Tremblements

ORWELL
- La Ferme des animaux
- 1984

PAGNOL
- La Gloire de mon père

PANCOL
- Les Yeux jaunes des crocodiles

PASCAL
- Pensées

PENNAC
- Au bonheur des ogres

POE
- La Chute de la maison Usher

PROUST
- Du côté de chez Swann

QUENEAU
- Zazie dans le métro

QUIGNARD
- Tous les matins du monde

RABELAIS
- Gargantua

RACINE
- Andromaque
- Britannicus
- Phèdre

ROUSSEAU
- Confessions

ROSTAND
- Cyrano de Bergerac

ROWLING
- Harry Potter à l'école des sorciers

SAINT-EXUPÉRY
- Le Petit Prince
- Vol de nuit

SARTRE
- Huis clos
- La Nausée
- Les Mouches

SCHLINK
- Le Liseur

SCHMITT
- La Part de l'autre
- Oscar et la
  Dame rose

SEPULVEDA
- Le Vieux qui
  lisait des romans
  d'amour

SHAKESPEARE
- Roméo et Juliette

SIMENON
- Le Chien jaune

STEEMAN
- L'Assassin
  habite au 21

STEINBECK
- Des souris et
  des hommes

STENDHAL
- Le Rouge et
  le Noir

STEVENSON
- L'Île au trésor

SÜSKIND
- Le Parfum

TOLSTOÏ
- Anna Karénine

TOURNIER
- Vendredi ou
  la Vie sauvage

TOUSSAINT
- Fuir

UHLMAN
- L'Ami retrouvé

VERNE
- Le Tour
  du monde
  en 80 jours
- Vingt mille
  lieues sous
  les mers
- Voyage au
  centre de
  la terre

VIAN
- L'Écume des jours

VOLTAIRE
- Candide

WELLS
- La Guerre des
  mondes

YOURCENAR
- Mémoires
  d'Hadrien

ZOLA
- Au bonheur
  des dames
- L'Assommoir
- Germinal

ZWEIG
- Le Joueur
  d'échecs

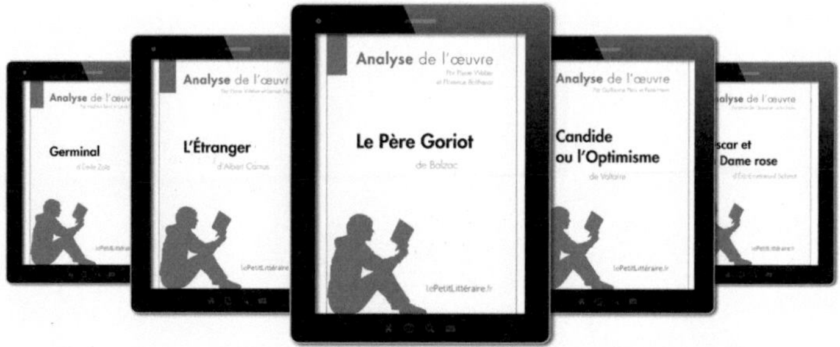